Ganador de la Medalla Caldecot

al mejor libro ilustrado del año

DONDE VIVEN LOS MONSTRUOS

DONDE VIVEN LOS MONSTRUOS

TEXTO E ILUSTRACIONES DE MAURICE SENDAK

Traducción de Teresa Mlawer

Scholastic Inc.
New York Toronto London Auckland Sydney

La noche que Max se puso un traje de lobo y comenzó a hacer una travesura

tras otra

su mamá le dijo: "¡ERES UN MONSTRUO!"
y Max le contestó: "¡TE VOY A COMER!"
y lo mandaron a la cama sin cenar.

Esa noche en la habitación de Max nació un bosque

y el bosque creció

y creció hasta que el techo se cubrió de enredaderas
y las paredes se transformaron en el mundo a su alrededor

y de repente apareció un océano y Max navegando en su bote
y navegó día y noche

durante varias semanas
y casi más de un año
hacia donde viven los monstruos.

**Y cuando llegó al lugar donde viven los monstruos
éstos emitieron unos horribles rugidos y crujieron sus afilados dientes**

y lo miraron con ojos centelleantes y le mostraron sus terribles garras

hasta que Max dijo: "¡QUIETOS!"
y los domó con el truco mágico

de mirarlos fijamente a los ojos sin pestañear y se asustaron tanto
que dijeron que él era el monstruo más monstruo de todos

y lo nombraron rey de todos los monstruos.

"Y ahora", gritó Max, "¡que comiencen los festejos!"

"¡Basta ya!" gritó Max y ordenó a los monstruos que se fueran a la cama sin cenar. Y Max el rey de todos los monstruos se sintió solo y deseó estar en un lugar donde hubiera alguien que lo quisiera más que a nadie.

De repente desde el otro lado del mundo
le llegó un rico olor a comida
y renunció a ser rey del lugar donde viven los monstruos.

Pero los monstruos gritaron: "¡Por favor no te vayas—
te comeremos—en verdad te queremos!"
A lo cual Max respondió: "¡NO!"

Los monstruos emitieron unos horribles rugidos y crujieron sus afilados dientes y lo miraron con ojos centelleantes y le mostraron sus terribles garras pero Max subió a su bote y se despidió de ellos

y navegó de regreso casi más de un año
por varias semanas
y durante todo un día

hasta llegar a la noche de su propia habitación
donde encontró su cena

que aún estaba caliente.